ティンガティンガ・アートでたのしむアフリカのむかしばなし

2 こわいはなし

シャターニに
育てられたむすめ

しまおかゆみこ 編・再話／チャリンダ 絵

かもがわ出版

アフリカ大陸《たいりく》の地図《ちず》

◉ティンガティンガ・アートとは◉

1968年《ねん》に、タンザニアの
エドワード・サイディ・ティンガ
ティンガさんが　はじめた、
絵《え》のかきかた。
6色《しょく》のペンキをつかって、
したがきをしないで、
タンザニアのしぜんやどうぶつ、
人《ひと》びとのせいかつ　などを、
のびのびと　えがくのが
とくちょうです。

もくじ

どろから生《う》まれた　どろんこむすめ
タンザニア本土《ほんど》　マクワの人《ひと》たちのおはなし　5

歌《うた》うシャヤターニ
タンザニア本土《ほんど》　ナカパニャ村《むら》のおはなし　21

シャターニに育《そだ》てられたむすめ
ザンジバル　ペンバ島《とう》のおはなし　39

こわいはなし　解説《かいせつ》　78

これは、アフリカの　タンザニアという国《くに》の
むかしばなしです。
タンザニアのむかしばなしは、
「パウカー（はじめるよ）」、
「パカワー（はーい）」で　はじまり、
「今日《きょう》のはなしは、これで　おしまい。
ほしけりゃ　もってきな。
いらなきゃ　海《うみ》にすてとくれ」
で　おわります。
さあ、それでは、今日《きょう》のおはなしを　はじめましょう。
「パウカー」「パカワー」

どろから生《う》まれた　どろんこむすめ

タンザニア本土《ほんど》　マクワの人《ひと》たちのおはなし

ハポ　ザマニザカレ（むかしむかし、あるところに）
ワリカという　女《おんな》が　おりました。
ワリカは、なかなか子《こ》どもが　できなかったので、
じゅじゅつしのところに、子《こ》どもをさずかる　くすりを
もらいにいきました。
じゅじゅつしは、どうぶつのクソやら、かわやら、
木《き》のみやら、ねっこやらで作《つく》った　くすりをわたすと、
ワリカにいいました。
「これから一年間《いちねんかん》、うんと遠《とお》いところにいって、
木《き》のねっこの上《うえ》に　すわっていなさい。そして、毎日《まいにち》

このくすりをのむのです」

ワリカは、じゅじゅつしから　いわれたとおりにしました。

丸一年《まるいちねん》たった日《ひ》のことです。ワリカが、うんと遠《とお》くにいって　ねっこの上《うえ》に　すわっていると、とつぜんねっこが　ずずんずずんと　もり上《あ》がってきました。

そして、ずぼっと　ぬけると、こんどは　ふわりとうき上《あ》がりました。

＊じゅじゅつし……まほうつかい。草木《くさき》でくすりをつくったり、雨《あま》ごい、のろいなどをしたりする人《ひと》。

MGANGA
WA KIENYEJI MINDU
BY. CHARINDA

「トゥメ〜！（キャ〜！）」

ワリカをのせた　ねっこは、ぐんぐんぐんぐん　上《うえ》にいき、雲《くも》をこえ、空《そら》をこえて　とびつづけ、とうとう天国《てんごく》まで　いってしまいました。

天国《てんごく》では、てんしが　やさしく　ワリカをむかえてくれました。

そして、そこには　たくさんの　あかんぼうがいて、

「すきなあかんぼうを　おえらびなさい」

と、いってくれたのです。

ワリカは、
よろこんで
ひとりのあかんぼうを
えらぶと、きたときと
同《おな》じように、木《き》の
ねっこに　すわって、
あかんぼうと
いっしょに
村《むら》に帰《かえ》りました。

ぴったり一年《いちねん》たって、
あかんぼうと
いっしょに
帰《かえ》ってきたワリカを、
村人《むらびと》たちは
あたたかく
むかえてくれました。

ワリカは、村人《むらびと》たちにむかって　こういいました。
「この子《こ》を　ぬれさせないように　してください。
この子《こ》は雨《あめ》にぬれると、どろになってしまうので、
どうか　みんなで　まもってください」
なんと、このあかんぼうは、どろで　できていたのです。
どろからうまれたあかんぼうは、「どろんこ」と名《な》づけられました。

どろんこは、すくすくと育《そだ》ち、友《とも》だちもたくさん
できました。
ある日《ひ》、子《こ》どもたちは、どろんこの母《かあ》さん、ワリカに
むかって　こういいました。
「どろんこちゃんといっしょに、森《もり》へあそびにいかせて
ちょうだい」
ワリカは、いかせたくなかったのですが、
子《こ》どもたちが　あんまり　たのむので、つい、
「いいよ」
と、いってしまいました。

そして、
「いってもいいけれど、どろんこが雨《あめ》にぬれないように
気《き》をつけてやってね」
と、子《こ》どもたちにいいました。
どろんこと子《こ》どもたちは、大《おお》よろこびで、森《もり》へ
あそびにでかけました。
ワリカは、どろんこのことがしんぱいで、ずっと外《そと》に
出《で》たまま、空《そら》を見上《みあ》げていました。

すると、どろんこたちがむかった　森《もり》のほうに、
まっ黒《くろ》な雨雲《あまぐも》が　広《ひろ》がっていったのです。
ワリカは、頭《あたま》をかかえて、歌《うた》いました。

トゥメ〜！
どろんこ、どろんこ、わたしのむすめ
雨雲《あまぐも》だよ、雨雲《あまぐも》だよ、早《はや》く早《はや》く　帰《かえ》っておいで
雨《あめ》がふらないうちに
チュラチュラウェー、チュラチュラウェ♪

すると、森《もり》のほうから　どろんこの声《こえ》が聞《き》こえました。
「母《かあ》さん、母《かあ》さん、チュラチュラウェ
どろんこは　ここよ、チュラチュラウェ
いますぐ　帰《かえ》るわ、チュラチュラウェ」

どろんこは、友《とも》だちと手《て》をつないで、思《おも》いきり走《はし》りました。

でも、ボタッ、ボタッ、ボタボタボタッと、とうとう大《おお》つぶの雨《あめ》がふりだしました。

どろんこは、雨《あめ》にぬれたとたんに　くずれはじめて、うでが　ずぼっと　ぬけおちてしまったものだから、子《こ》どもたちはびっくり。

「トゥメ〜！　どろんこの　うでが〜！」

その声《こえ》をきいて、ワリカやおとなたちは、どろんこをたすけようと　走《はし》りました。

でも、雨《あめ》が　どんどんひどくなって、みんなが子《こ》どもたちのところに　たどりついたときには、どろんこは、くずれくずれて、どろどろのどろになっていました。

それで、マクワの人《ひと》たちは、「あかんぼうは、神《かみ》さまからの　さずかりものだ」ということに気《き》がついて、子《こ》どもが　生《う》まれても　生《う》まれなくても、神《かみ》さまにかんしゃしながら　生《い》きていくようになったのです。

今日《きょう》のはなしは、
これで　おしまい。
ほしけりゃ　もってきな。
いらなきゃ　海《うみ》にすてとくれ。

歌《うた》うシャターニ

タンザニア本土《ほんど》　ナカパニャ村《むら》のおはなし

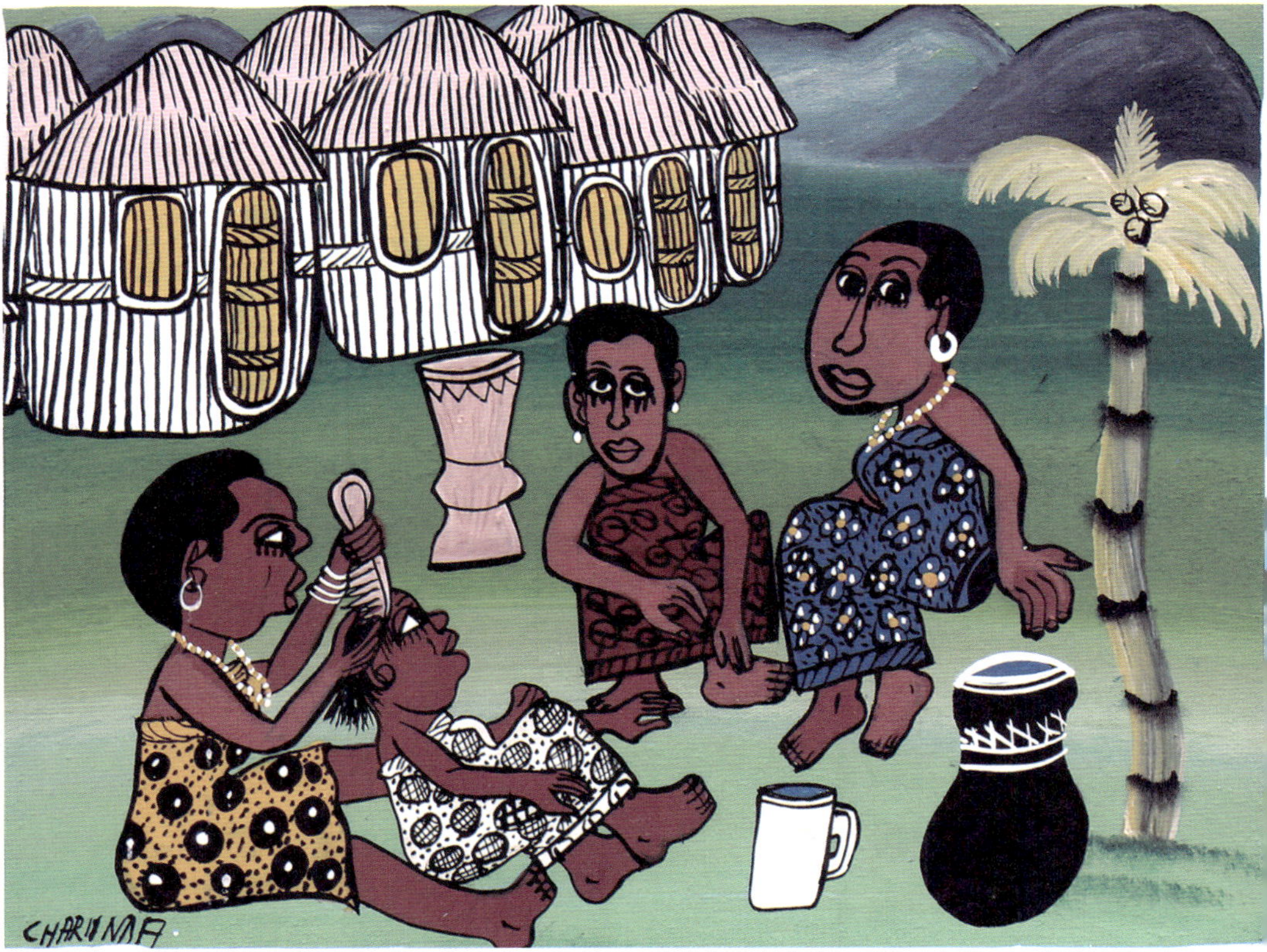

ハポ　ザマニザカレ（むかしむかし、あるところに）シモンジャという　おてんばむすめが　おりました。

シモンジャは、いつも父《とう》さんから、

「森《もり》にはシャターニがいるから、入《はい》ってはいけないよ」

と、いわれていたのに、

「シャターニなんて　いるわけない」

と、思《おも》っていました。

ある日《ひ》、シモンジャは、ひとりで　森《もり》に入《はい》っていきました。

そして、そのまま　家《いえ》に帰《かえ》ってこなかったのです。

MARINDA

父《とう》さんは、家《いえ》に帰《かえ》ってこないむすめを　しんぱいして、シャターニの森《もり》に　さがしにいきました。

＊シャターニ……ようかい。こわいあくまであったり、ときには、まもってくれたりもするそんざい。

ウサギにじゅもんをかけるシャターニ

父《とう》さんが、森《もり》に入《はい》っていくと、シャターニが　ウサギといっしょにいました。

よく見《み》ると、シャターニは、ウサギの耳《みみ》をひっぱって、

ウサギに　じゅもんをかけていました。
「ムニャムニャ、ウサギ、ウサギよ　おまえは
だれよりもかしこく、すばしこい。
おまえこそが　どうぶつの王《おう》さまにふさわしい。
ライオンだって、おまえのちえにかかったら、いちころ
じゃ。いますぐ　ライオンをしとめて、かわをはいで
もってこい。そうしたら、おまえを　どうぶつの王《おう》さま
にしてやろう」
　じゅもんをかけられたウサギは、その気《き》になって、
ぴょんぴょん、ライオンをさがしに　いきました。

シモンジャの父《とう》さんは、
「おお、こわい、こわい。とうぶん　ウサギには
近《ちか》づかないでおこう」
と、いって、先《さき》をいそぎました。

サルにばけたシャターニ

しばらくいくと、サルにばけた　シャターニが
カラスと　いっしょにいました。
カラスが、なきながら　サルにいっていました。

「くやしい、くやしい。

ゾウは、わたしが　小《ちい》さなカラスだと思《おも》って、ばかにするのです。

わたしに　ゾウを　もち上《あ》げるだけの　力《ちから》があったら、ゾウを　遠《とお》い遠《とお》い　キリマンジャロ山《さん》のむこうにすてきてしまうのに」


サルのシャターニは、なにやら　じゅもんをとなえながら、カラスの羽《はね》に　水《みず》をふりかけました。

すると、カラスは、
体《からだ》のおくから
むくむくと力《ちから》がわいて
きました。
そして、大《おお》きな
ゾウをもち上《あ》げると、
キリマンジャロ山《さん》の
むこうに
つれていって
しまいました。

シモンジャの父《とう》さんは、
「おお、こわい、こわい。
サルにも　カラスにも
近《ちか》づかないで　おこう」
と、いって、先《さき》を
いそぎました。

歌《うた》うシャターニ

シモンジャの父《とう》さんが、さらに森《もり》のおくに入《はい》って
いくと、遠《とお》くから、なんだか　とってもたのしそうな
歌《うた》が　聞《き》こえてきました。

シャターニ、シャターニ、ランラララーン
シャターニと歌《うた》おう、ランラララーン
みんなで歌《うた》うと　たのしいぞ
みんなで歌《うた》うから、たのしいんだ♪

シャターニ、シャターニ、ランラランラーン
シャターニと歌《うた》おう、ランラランラーン
シャターニの森《もり》に　おいで
歌《うた》って、歌《うた》って、歌《うた》って～　しぬまで　歌《うた》おうぜ♪

それは、だれもが歌《うた》いたくなって、おどりたくなってむずむずするような歌声《うたごえ》でしたが、シモンジャの父《とう》さんは、ぐっと　がまんしました。

だって、父《とう》さんには、すぐにわかったのです。

それこそが、歌《うた》うシャターニだということが。

父《とう》さんは、その歌声《うたごえ》の中《なか》に、シモンジャの声《こえ》がまじっているのを聞《き》きつけると、大《おお》いそぎで走《はし》っていきました。

そして、歌《うた》うシャターニのすがたを見《み》つけると、ぞっとしました。

なんと、このシャターニには、いくつもの人《ひと》の頭《あたま》がついていて、みんなで歌《うた》っていたのです。

シモンジャは、シャターニがもつ　かごの中《なか》に入《い》れられていました。

CHARINDA

シャターニに食《く》われたら、もうさいご。
シモンジャも、ほかの人《ひと》たちと　同《おな》じように、
シャターニの体《からだ》の　いちぶになってしまいます。

父《とう》さんは、うしろから　そーっと　歌《うた》うシャターニに
近《ちか》づくと、しっぽを　バサッと切《き》りました。
すると、シャターニは、へろへろへろへろっとしぼんで、
きえてなくなってしまいました。

父《とう》さんは、シモンジャをかごから出《だ》して、家《いえ》につれて帰《かえ》りました。

おてんばシモンジャも、よほど　こりたのでしょう。

その日《ひ》から、シャターニの森《もり》には、一歩《いっぽ》も入《はい》らなかったそうです。

今日《きょう》のはなしは、これで　おしまい。
ほしけりゃ　もってきな。
いらなきゃ　海《うみ》にすてとくれ。

シャターニに育《そだ》てられたむすめ

ザンジバル　ペンバ島《とう》のおはなし

さらわれたあかんぼう

ハポ　ザマニザカレ（むかしむかし）

ペンバという島《しま》に、うみ月《づき》（あかちゃんがうまれる月《つき》）に入《はい》った女《おんな》が　おりました。

ペンバ島《とう》には　むかしから、うみ月《づき》になった女《おんな》は、森《もり》に入《はい》ってはいけないという　いいつたえがありました。

それなのに、その女《おんな》は、めしたきにつかう　たきぎがなくなったので、森《もり》に入《はい》ってしまったのです。

＊ペンバ島《とう》……ザンジバルは、ウングジャ本島《ほんとう》とペンバ島《とう》という二《ふた》つの島《しま》でなりたっています。タンザニアは、ザンジバルとタンガニーカ（本土《ほんど》）による連合共和国《れんごうきょうわこく》です。

CHARINDA

女《おんな》は、たきぎをひろおうと　かがんだひょうしに、おなかがいたくなって、森《もり》であかんぼうを　うんでしまいました。

女《おんな》はあかんぼうをうむと、つかれきってしまって、あかんぼうをだいたまま、ねむってしまいました。

しばらくして、女《おんな》が目《め》をさますと、うでの中《なか》にいたはずの　あかんぼうがいません。

女《おんな》は、

「ムトト　ワングー、ムトト　ワングー
（わたしのあかちゃん、あかちゃーん）」

と、なきながら　あかんぼうを　さがしまわりました。
けれども、見《み》つけることは　できませんでした。
女《おんな》は、とぼとぼ歩《ある》いて　家《いえ》に帰《かえ》ると、夫《おっと》に、森《もり》で
あかんぼうをうんだこと、ねむっているあいだに
いなくなってしまったことを　つたえました。
夫《おっと》が、
「おまえがうみ月《づき》なのに、森《もり》に入《はい》るから、こんなことに
なったんだ。あかんぼうは、森《もり》のシャターニに
さらわれて、もう　食《く》われてしまっただろうよ」
と、いったので、女《おんな》は、目《め》がとけるほど　なきました。

あんまり　女《おんな》が
なきつづけるので、
夫《おっと》は、
「かわいそうな
あかんぼうに
ビホラレという
名前《なまえ》をつけて
いのってやろう」
と、すこし　やさしく
いいました。

そんなわけで、ビホラレは、しんでしまったと思《おも》われていました。

あかんぼうをだくシャターニ

それから三《さん》か月《げつ》ほどたったある日《ひ》、牛《うし》かいの兄弟《きょうだい》が、牛《うし》をつれて歩《ある》いていると、森《もり》のおくからあかんぼうのなき声《ごえ》が聞《き》こえました。

「兄《にい》ちゃん、いま、あかんぼうの声《こえ》がしなかった？」

「おまえも聞《き》こえたか。おれにもはっきり聞《き》こえたよ」

弟《おとうと》が、

「ねえ、三《さん》か月《げつ》まえに　この森《もり》でいなくなったっていう、あかんぼうじゃない？」

と、いいました。

兄《あに》は「そんなばかな」とはいったものの、やっぱり気《き》になって、声《こえ》がするほうに　歩《ある》いていきました。


すると、大《おお》きなマンゴーの木《き》の上《うえ》で、シャターニが、あかんぼうに　おっぱいをやっていました。

シャターニは、色《いろ》がまっ白《しろ》で、まっかな長《なが》いかみを

たらし、口《くち》からは、大《おお》きな長《なが》いはが　二本《にほん》つき出《で》て
いました。
顔《かお》には　大《おお》きな目《め》が　ひとつだけで、まぶたは
左右《さゆう》に　あいたりとじたり　していました。
そうかと思《おも》うと、牛《うし》の顔《かお》に
なったり、ロバの顔《かお》に
なったりしました。

CHARINDA

あまりのおそろしさに、弟《おとうと》がひめいをあげそうになったのを、兄《あに》が口《くち》をおさえてとめると、二人《ふたり》はいちもくさんで　村《むら》に　にげ帰《かえ》りました。

こおりになった男《おとこ》たち

村《むら》の男《おとこ》たちは、牛《うし》かいの兄弟《きょうだい》から　はなしをきくと、「そのあかんぼうは、シャターニに　さらわれたビホラレにちがいない」

と、いって、すぐに、弓矢《ゆみや》や、大《おお》きな刀《かたな》、かま、なわなどを手《て》に、森《もり》にむかいました。

男《おとこ》たちが森《もり》に入《はい》っていくと、シャターニが、大《おお》きなマンゴーの木《き》の上《うえ》で、あかんぼうを　あやしていました。男《おとこ》たちは、牛《うし》かいの兄弟《きょうだい》から、そのすがたのことを聞《き》いていたので、かろうじて、だれも　ひめいをあげませんでした。

村一番《むらいちばん》のゆうきある男《おとこ》が、一番高《いちばんたか》いヤシの木《き》にのぼって、シャターニをにらみつけた、そのときです。ゆうきある男《おとこ》は、木《き》のてっぺんで、かちんこちんにこおってしまいました。

CHARINDA

下《した》にいた男《おとこ》がびっくりして、

「おい、だいじょうぶか」

と、声《こえ》をかけると、そのしゅんかんに、その男《おとこ》もかちんこちんに　こおってしまいました。

今度《こんど》は、そのとなりにいた男《おとこ》がびっくりして、

「おい、だいじょうぶか」

と、声《こえ》をかけると、そのしゅんかんに、その男《おとこ》もかちんこちんに　こおってしまいました。

つぎの男《おとこ》も、またそのつぎの男《おとこ》も　こおりつき、とうとう　村《むら》の男《おとこ》たちは、みんな　かちんこちんに
こおってしまいました。

村《むら》では、女《おんな》たちが、男《おとこ》たちの帰《かえ》りをまっていましたが、夜《よる》になっても、だれも帰《かえ》ってきません。
つぎの日《ひ》の朝《あさ》になっても、だれひとり帰《かえ》ってきません。

しんぱいになった女《おんな》たちは、みんなで　おいおいなきました。

CHARINDA

でも、ないていても　しかたありません。
村《むら》に、うみ月《づき》の女《おんな》だけを残《のこ》して、女《おんな》たちみんなで、
男《おとこ》たちをさがすため、森《もり》に入《はい》っていきました。

大《おお》きなマンゴーの木《き》のところにくると、女《おんな》たちは、

「トゥメー！」

とひめいをあげました。

村《むら》の男《おとこ》たちが、みんな　かちんこちんにこおりついて
いるのを見《み》つけたからです。

女《おんな》たちは、てっきり　男《おとこ》たちがしんだと思《おも》って、かなきり声《ごえ》を上《あ》げながら、それぞれの夫《おっと》にしがみついてなきました。

「あんた～、あんた～、どうか　しなないでおくれ」

「おまえさん、おまえさ～ん、いきをしておくれ」

「あんた～、あんた～、どうか　生《い》きかえっておくれ」

　すると、女《おんな》たちの　あついなみだで、かちんこちんにこおっていた男《おとこ》たちの体《からだ》が　みるみる　とけていくではありませんか。

CHARINDA

男《おとこ》たちは、うごけるようになると、おそろしいシャターニのことを思《おも》い出《だ》して ふるえあがり、大《おお》あわてで 森《もり》から にげていきました。

男《おとこ》たちがにげたので、女《おんな》たちは わけもわからないまま、あわてて男《おとこ》たちを おいかけていきました。

みんなが村《むら》に帰《かえ》ると、村長《むらおさ》がいいました。

「おまえたちが見《み》たのは、たしかに シャターニとビホラレじゃ。だが、ビホラレは、シャターニにつれていかれたのなら、わしら人間《にんげん》には、どうしようもない。

これからは　ビホラレを見《み》ても、村《むら》に　つれもどそうと
してはならぬ。もう、ビホラレのことは　あきらめるの
じゃ」
村人《むらびと》たちは、しぬほどこわい目《め》に
あったばかりだったので、
村長《むらおさ》にさからうものは
ひとりもなく、それからは、
森《もり》の中《なか》で　ビホラレの　なき声《ごえ》や
わらい声《ごえ》を聞《き》いても、けっして
さがそうとはしませんでした。

そして、十《じっ》か月《げつ》もすると、ビホラレの声《こえ》は、ぴたりと聞《き》こえなくなってしまいました。

村人《むらびと》たちは、ビホラレも、とうとう　シャターニに食《く》われてしまったかと　うわさしましたが、いつしかわすれていきました。

森《もり》の中《なか》のむすめ

それから　十七年《じゅうしちねん》たったある日《ひ》、村《むら》の男《おとこ》が、森《もり》の中《なか》で、こしをぬかして　しまいました。

うつくしいむすめが、
大《おお》きなヘビに
まきつかれて、
ひめいをあげていたの
です。

むすめは、なんとか　ヘビからにげたと思《おも》ったら、こんどは、ワニにおそわれました。
男《おとこ》は　てっきり　むすめがワニに食《く》われたと思《おも》い、ぎゅっと目《め》をつぶりました。

男《おとこ》が、おそるおそる目《め》をあけてみると、もっとおそろしいものが、目《め》にとびこんできました。

ワニのせなかに　またがったむすめが、川《かわ》に　手《て》を
つっこむと、むすめのうでが、するすると　どこまでも
のびて、りょう手《て》で魚《さかな》を　わしづかみにしたのです。
魚《さかな》をつかんだむすめの長《なが》いうでは、今度《こんど》は、するする
ちぢんで　もとの長《なが》さにもどりました。

男《おとこ》は、そんな　ばかなことが　あるわけがない、
自分《じぶん》の見《み》まちがいだと思《おも》って、もういちど、目《め》をこらし、
むすめのようすを見《み》ました。

SHARINDA

でも、やっぱり同《おな》じで、むすめのうでは、のびたりちぢんだり　していました。

そして、むすめは、きしに上《あ》がると、いま　とったばかりの魚《さかな》を、生《なま》のまま、頭《あたま》から　ばりばりと　食《た》べはじめました。

このむすめこそが、十七年前《じゅうしちねんまえ》、シャターニにだかれていた　あかんぼうのビホラレでした。

そうです。ビホラレは生《い》きていたのです。

ビホラレは、あかんぼう時代《じだい》をシャターニとすごすと、
それからは、森《もり》のどうぶつたちと　くらしていました。
ビホラレは、どうぶつのことばが　はなせたので、
どうぶつは
みんな
ビホラレの
友《とも》だちでした。

男《おとこ》からは、むすめが大《おお》きなヘビに　まきつかれている
ように　見《み》えたときも、ビホラレは、ヘビと　たのしく
あそんでいたのでした。

ヘビと　あそびあきたビホラレは、川《かわ》に入《はい》って、ワニ
とあそび、魚《さかな》をとって食《た》べたのです。

もちろん、男《おとこ》に　そんなことが　わかるわけがあり
ません。

男《おとこ》は、こわくてこわくて、がくがくぶるぶる　ふるえ
ながら、村《むら》へ　にげ帰《かえ》りました。

男《おとこ》から、このはなしを聞《き》いた村長《むらおさ》は、すぐにビホラレのことを思《おも》い出《だ》しました。

「この男《おとこ》が森《もり》で見《み》たのは、十七年前《じゅうしちねんまえ》に、シャターニにさらわれた　ビホラレじゃろう。

シャターニに育《そだ》てられるうちに、どうぶつのことばや、手《て》を　のばしたり　ちぢめたりする　やりかたをならったにちがいない。

だが、ビホラレは、人間《にんげん》にわるさをするわけではない。

そのまま森《もり》に　いさせてやれ」

しかし、村《むら》のわかものたちは、十七年前《じゅうしちねんまえ》に森《もり》にいった男《おとこ》たちが、どれほど　こわい目《め》にあったかを　知《し》らないので、村長《むらおさ》のいうことをききません。

「いや、ビホラレを生《い》けどりにして、いろいろ聞《き》き出《だ》せば、人間《にんげん》が、シャターニに　かてるようになる」

「そうだ、そうだ。シャターニに育《そだ》てられた　ビホラレを　ひっとらえよう」

わかものたちの　いきおいにまけた村長《むらおさ》は、とうとう森《もり》へ　ビホラレを　つかまえにいくことを　ゆるして　しまいました。

生《い》けどりにされたビホラレ

つぎの日《ひ》、男《おとこ》たちは、森《もり》に入《はい》ると、すみずみまでさがし歩《ある》きました。

どうぶつたちは、とつぜん　やってきた人間《にんげん》たちに　おどろいて、にげるまもなく、みんな　ころされて　しまいました。

さいごに　木《き》の上《うえ》にいたビホラレを見《み》つけると、
男《おとこ》たちは　やさしいことばを　かけました。
でも、あんしんしたビホラレが　木《き》からおりたとたん
なわでしばり、ぼうに　ぶらさげたのです。

ビホラレは、小《ちい》さいころから、自分《じぶん》によくにた人間《にんげん》を
見《み》かけるたびに、友《とも》だちになりたいと思《おも》っていました。
それなのに、ビホラレを見《み》た人間《にんげん》は　みんな、
ひめいをあげて　にげていくので、いつも　さびしく
思《おも》っていたのです。

そして、はじめて近《ちか》よってきた人間《にんげん》たちに、だまされ、しばられ、ぼうに　ぶらさげられたので、かなしくてかなしくて、なみだをながして　なきました。

村《むら》につくと、男《おとこ》たちは、ビホラレを、村長《むらおさ》の家《いえ》の空《あ》きべやに　とじこめ、なわを　きつくしめなおしました。

ビホラレは、人間《にんげん》のことばで、

「おねがい、ころさないで」

と、いいました。

男《おとこ》たちは、にやにやしながら、こういいました。

「ころすものか、おまえをころしちまったら、シャターニの手口《てぐち》が、わからなくなっちまうからな」

男《おとこ》たちは、シャターニに
育《そだ》てられたビホラレを
一目見《ひとめみ》ようと　あつまってきた
女《おんな》たちを　おいかえすと、
それぞれの家《いえ》に帰《かえ》りました。

つぎの日《ひ》、男《おとこ》たちが、
ビホラレのへやにいってみると、
ビホラレは　どこにもおらず、
ちのついた　かみの毛《け》だけが　のこっていました。

村長《むらおさ》は、それを見《み》ると、こういいました。

「かわいそうに。ビホラレは、とうとう　シャターニに食《く》われてしまったんじゃ。

シャターニは、自分《じぶん》のひみつを　ばらすものを生《い》かしておかない。たとえ、かわいがって育《そだ》てた子《こ》であってもな。

しかし、まあ、どちらにしても、ビホラレは、早《はや》かれおそかれ、シャターニに食《く》われる　うんめいだったのじゃろうよ」

ペンバ島《とう》には、いまでも、ビホラレがとじこめられた

へやが　のこっています。
でも、村人《むらびと》たちは、
「シャターニのへや」とよんで、
けっして入《はい》ろうとしないのです。

今日《きょう》のはなしは、
これで　おしまい。
ほしけりゃ　もってきな。
いらなきゃ　海《うみ》にすてとくれ。

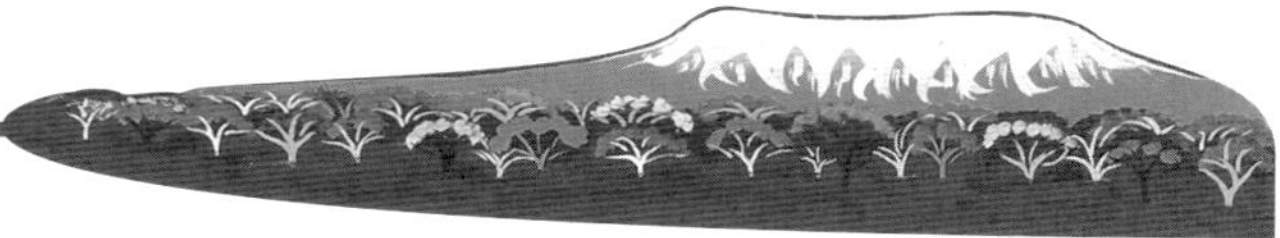

こわいはなし　解説《かいせつ》――――島岡由美子《しまおかゆみこ》

アフリカのむかしばなしといっても、アフリカ大陸《たいりく》はとても広《ひろ》くて、五十以上《ごじゅういじょう》の国《くに》があります。この本《ほん》で紹介《しょうかい》しているのは、タンザニアのおはなしです。

◉どろから生《う》まれた　どろんこむすめ◉

タンザニア本土《ほんど》の南東部《なんとうぶ》にあるナカパニャ村《むら》のおはなしで、語《かた》りは、さし絵《え》を描《か》いてくれたチャリンダさん。小《ちい》さいころ、おじいさんに話《はな》してもらったなかで、これが一番《いちばん》こわかったそうです。

日本《にほん》は少子化《しょうしか》が問題《もんだい》になって久《ひさ》しいですが、タンザニアはいまでも子《こ》だくさん。いまだに、女《おんな》は子《こ》どもをたくさん産《う》むのがあたり前《まえ》、という風潮《ふうちょう》があるなかで生《い》きる、子《こ》どもが産《う》めない女性《じょせい》のあせりと悲《かな》しみは、より深《ふか》いものがあるように思《おも》えてなりません。

そんな中《なか》で、この村《むら》には、「子《こ》どもは天《てん》からの授《さず》かりもの、子《こ》どもが生《う》まれても生《う》まれなくても感謝《かんしゃ》」ということを伝《つた》えるおはなしがあったことを知《し》って、うれしくなりました。一番《いちばん》こわいおはなしが、実《じつ》は、女性《じょせい》に一番《いちばん》やさしいおはなしだったのです。

◉歌《うた》うシャターニ◉

シモンジャは、親《おや》の言《い》いつけを聞《き》かないおてんば娘《むすめ》として、タンザニアのおはなしによく登場《とうじょう》するキャラクター。シモンジャが、歌《うた》うシャターニにさらわれ、父《とう》さんが助《たす》けに入《はい》った森《もり》の中《なか》は、まさに妖怪《ようかい》だらけでした。いろいろなタイプのシャターニがいるというのも、日本《にほん》の妖怪《ようかい》の世界観《せかいかん》と共通《きょうつう》するように思《おも》います。

チャリンダさんによる、「歌《うた》うシャターニ」の絵《え》は、人間《にんげん》の首《くび》が木《き》に生《な》っていて、一見《いっけん》グロテスクですが、よく見《み》ると、ゆかいそうに歌《うた》っていて、そのことになんだかほっとします。どんな境遇《きょうぐう》であっても、それなりに明《あか》るくやっていくのが、タンザニア人気質《じんきしつ》。それを表《あらわ》しているような気《き》がします。

◉シャターニに育《そだ》てられたむすめ◉

これは、ザンジバルのペンバ島《とう》という、まだ手《て》つかずの深《ふか》い森《もり》が多《おお》い島《しま》で語《かた》りつがれているシャターニ伝説《でんせつ》で、語《かた》り部《べ》が三日《みっか》かけて聞《き》かせてくれました。

主人公《しゅじんこう》ビホラレの十七年《じゅうしちねん》という短《みじか》い人生《じんせい》には、不幸《ふこう》な結末《けつまつ》しか残《のこ》されていませんでした。なにもしていないのにさらわれ、殺《ころ》されてしまうのですから、まさに悲劇《ひげき》としかいいようがありません。シャターニはどんなに人間《にんげん》と近《ちか》くなっても、あくまでシャターニで、しょせんは別世界《べっせかい》のものという境界線《きょうかいせん》があるようです。

むかしばなしの原話《げんわ》にはこのはなしのように、なにも悪《わる》くなくても悲劇《ひげき》のまま終《お》わるヒロインがよく登場《とうじょう》します。勧善懲悪《かんぜんちょうあく》のおはなしに慣《な》れている方《かた》がたには、もやもやする感《かん》じが残《のこ》るかもしれませんね。

《編・再話》

しまおかゆみこ（島岡由美子）

名古屋生まれ。1987 年より夫島岡強と共にアフリカに渡り、タンザニアのザンジバルで、人々の自立につながる事業や、スポーツや文化の交流活動を続けている。アフリカ各地に伝わる民話の聞き取り、再話がライフワーク。主な著書に『アフリカから、あなたに伝えたいこと』『どうぶつたちのじどうしゃレース』『アフリカに咲く 熱帯の花、笑顔の花――ワイルドフラワー 120』（以上、かもがわ出版）など。

《絵》

チャリンダ（Mohamed Charinda）

1947 年生まれ。タンザニアのトゥンドゥール地方、ナカパニャ村出身。1974 年から、ティンガティンガひとすじに生きたアーティスト。絵本『しんぞうとひげ』（ポプラ社）、『アフリカの民話』（バラカ）、『アフリカの民話集　しあわせのなる木』(未來社)で挿絵を担当。2021 年逝去。

＊地図作成＊川口圭希（バラカ）
＊協力＊上田律子（ひまわりおはなし会代表）／矢田真由美／下里美香
＊ブックデザイン＊土屋みづほ　＊編集＊天野みか

ティンガティンガ・アートでたのしむアフリカのむかしばなし

2　こわいはなし　シャターニに育《そだ》てられたむすめ

2025 年 2 月 14 日　初版第 1 刷発行

編・再話　しまおかゆみこ／絵　チャリンダ
発 行 者　田村太郎
発 行 所　株式会社 かもがわ出版
〒 602-8119　京都市上京区堀川通出水西入
TEL 075-432-2868　FAX 075-432-2869
振替　01010-5-12436 ／ https://www.kamogawa.co.jp
印 刷 所　シナノ書籍印刷株式会社
ISBN978-4-7803-1355-0　C8098　NDC388・994　Printed in Japan ［堅牢製本］